U0009647

# catch

catch your eyes ; catch your heart ; catch your mind······

2001-2005

# 不再懵懂的小花 ***

紅膠囊－－－祕密。島嶼

catch 103

不再懵懂的小花

圖、文：紅膠囊

責任編輯：韓秀玫
法律顧問：全理律師事務所董安丹律師
出版者：大塊文化出版股份有限公司
台北市105南京東路四段25號11樓

讀者服務專線：0800-006689
TEL：(02) 87123898
FAX：(02) 87123897

郵撥帳號：18955675
戶名：大塊文化出版股份有限公司
e-mail：
locus@locuspublishing.com
www.locuspublishing.com

行政院新聞局局版北市業字第706號
版權所有　翻印必究

總經銷：大和書報圖書股份有限公司
地址：台北縣五股工業區五工五路2號
TEL：(02) 8990-2588 (代表號)
FAX：(02) 2290-1658

初版一刷：2005年9月
定價：新台幣220元

ISBN 986-7291-63-8
CIP:855
Printed in Taiwan

Design_Le Chat/Hui-Hui

# >目錄 >> contents >> >

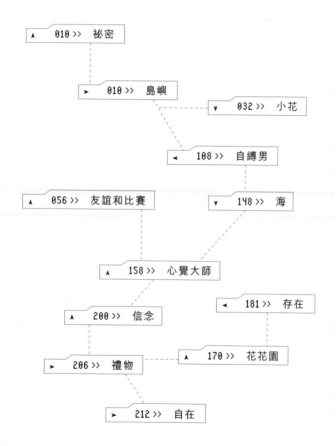

祕密

· 秘密        有時候是那樣子的。

·当你有一個自認不可告人的秘密,

千萬不能向他人透露一絲毫。

·或許你真の能　　憋住一陣子。

如果是用時間來包覆秘密，

時間會讓你有一種錯覺。

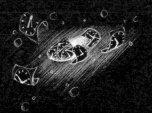

·以為時間過久了，秘密的重要性就變輕了。

·然後你就 ？ 忘了 ？ 透露了...

·秘密一旦出閩 ，仍是秘密，只是成了

眾所皆知的秘密。

有時候，「秘密」是這樣子的。

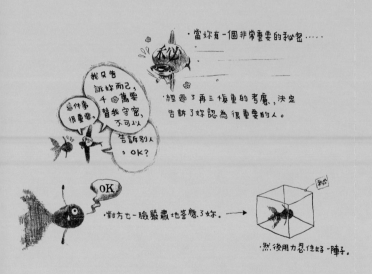

·當妳有一個非常重要的秘密‥‥‥

我只告訴妳而已，千萬要替我守密，不可以告訴別人，OK？

這件事很重要。

·經過了再三慎重的考慮，決定告訴了妳認為很重要的人。

OK

·對方也一臉嚴肅地答應了妳。　➜

秘

·然後用力忍住好一陣子。

·經過了再三的考慮，X告訴了她覺得很守密的人。

有一个
很大的秘
密耶
只有
告訴你而已

·当然，她絕對不是故意的。

·雖然，大家都只告訴一個人而已，不過
到最後仍然全世界都知道了妳的
秘密，而且妳誰都怪罪不得。

·所以囉～慎選妳的朋友，善待妳的秘密喔！

# 島嶼

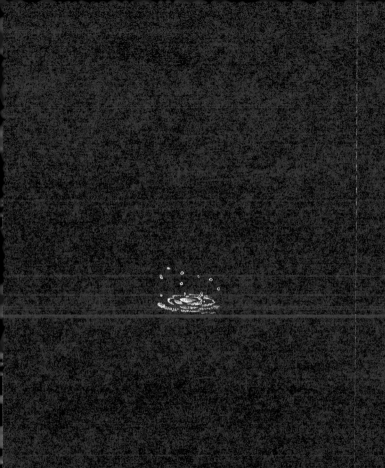

．偶然自海面躍起而看見的島嶼，小花一眼就愛上，
雖然相見只在躍出與落入海面的

短暫瞬間，雖然島嶼靜々地杵著，可能永遠也不知道

有一隻小飛魚如此暗戀它……

「喂！我的躍起都是為了你的！

每一次喲！傻瓜！」小花躍起，想著並愉快著。

# 小花

•小花 終於離開了海洋，離開了從小生長的地方，開始追尋她想要的生活……

• 她遇見了帥哥碗，並且第一眼就愛上了他。

• 住在一起之後，才覺得彼此不太適合。

　小花 沒有主動說，關於分開的問題。

●但終究還是分手了。

小花想念大海。

• 小花離開了海洋，離開了從小生長的地方，開始追尋她想要的地方。

．小花晃蕩了一陣，又遇上了成熟缸，

　深深地被他的成熟吸引，

　可是缸已經有了小墨....

　　　沒關係，小花並不在意。

・三個住一起之後，才慢慢發現問題。

小花想了很久，卻沒有主動提起，

・但終究還是離開了。

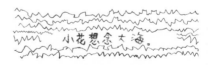

小花想念大海。

•想要的生活，在哪裡呢？不知不覺已找不到原来的自己了。

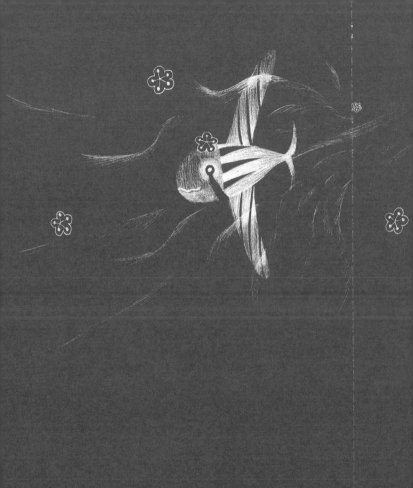

・之間也遇見了有深度却單調的澡盆，

和初識時覺得瀟灑，瞭解後才知混沌的湖，

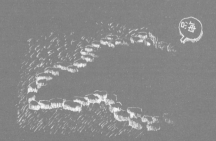

還有好多 好多 好多………。

NO. NO. NO.

·然而全部都終究是分開了。

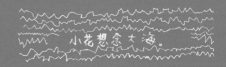

小花想念大海。

# 友誼和比賽

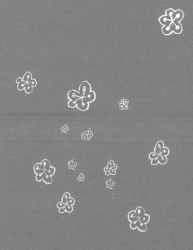

●住在海裡的小花好喜歡唱歌，她一直單純地想著：「我要這樣永遠唱下去喔！」

• 住在海裡小花的好朋友 美美 好喜歡唱歌
　她想：「一直這樣唱下去吧、真好!」

　• 小花和美美的好朋友拉拉
　　住在海裡，好喜欢唱歌，
　　她想：「大家一起唱歌，好
　　棒喲，希望永远都如此。」

．就像所有住在海裡的其他好朋友一樣，三隻魚每天快樂の唱歌。

其中拉拉的歌聲最好聽，但大家並不介意。只是每天唱著歌。

・直到有一天．唱片公司的魚出現了

本公司徵歌手
一名，獲選者可
隨我出唱片去。

・說要舉辦歌唱比賽。日期呢?

嘿！日期訂於
**5**天後。

•三个朋友喜出望外，認為這真の是一个好机會啊。

•可是……

可是，名額只有一個。

• 所以，友誼雖可貴，但理想誠難得，小花和朋友幾經討論，

決定各自回家練唱歌。

・然後，接下来的蒼天，接下来の海。

• 小花和好朋友の海，没有歌聲了，只是大家都没注意。

・光陰似箭．5天一晃眼就溜走了，比賽就要開始…。

‧三個朋友各自使出
最美麗の歌聲，
這是个激烈又美
妙の比賽。只是
又殘酷它的殘
酷当事人都没
發現。

•唱片魚宣布比賽結果、拉拉果然得了第1名。

小花和美美替自己難過，卻也替拉拉高興…。

✽

·那是一种複雜の心情。
很複雜很複雜。

• 住在海裡の小花，不是很清楚瞭解 但却隱約の知道.

三个好朋友的時光 再也没有了。

· 大家都很想玩瘋，在這最後的夜晚，但沒有誰
　能真正辦得到．．．。

總有太多真情不知怎麼流露,

總有好多肉麻的話 說不出口....。

·總把難过藏在嬉笑的背後。

·在這夜晚最後結束之時，

  才發現沒有誰真正學會道別。

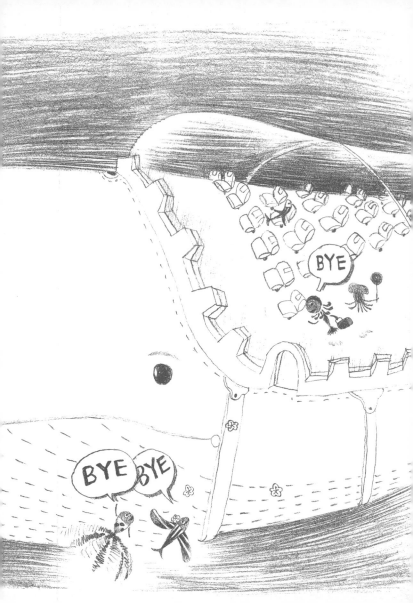

-直到離別，　　　　　　　　　　　　　　　　　　簡單の再見。

·大家都沒說出真正心裡の話，只有各自的百感交集⋯

go

bye
bye

·拉拉乘著巴士出發，帶著祝福和徬徨，徬徨藏在心裡，祝福帶在臉上，

就這麼地

漸々走遠，可是‥‥

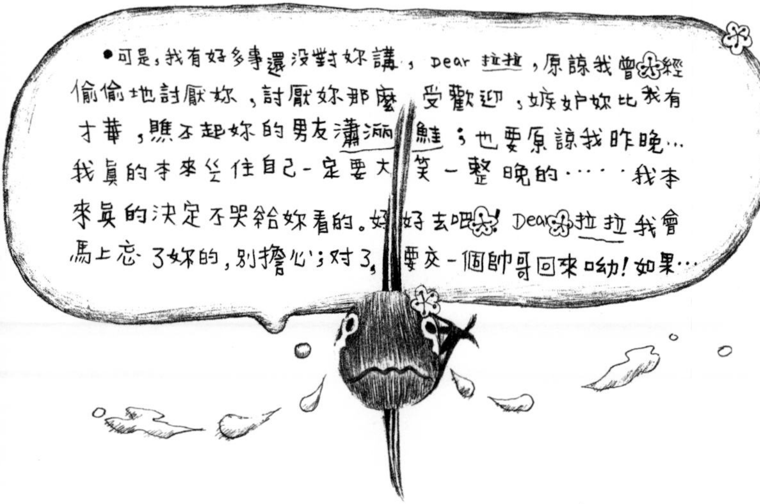
●可是，我有好多事還沒對妳講，Dear 拉拉，原諒我曾經偷偷地討厭妳，討厭妳那麼受歡迎，嫉妒妳比我有才華，瞧不起妳的男友瀟灑鮭；也要原諒我昨晚…我真的本來忍住自己一定要大笑一整晚的……我本來真的決定不哭給妳看的。好好去吧！Dear 拉拉我會馬上忘了妳的，別擔心；对了，要交一個帥哥回來呦！如果…

•小花比拉拉所瞭解的更捨不得她，

　但小花並不想讓誰知道。

# 自縛男

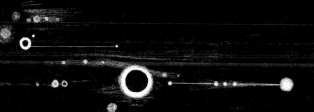

‧小花在生命的前進中，遠遠地就愛上了 <u>自縛男</u>
　看起來害羞却自負，感覺他應該是隻彎机車的魚。

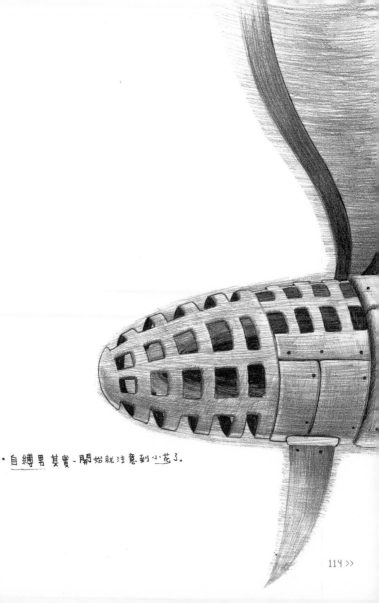

・自縛男其實一開始就注意到小花了。

・但小花真的不知道這件事...

遙望物語

‧於是各自在生命中繼續前進。

·聖誕節前夕，小花希望 自縛男 可以卸下來縛，

好好和自己聊一聊

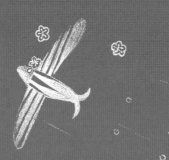

‧畢竟也相處了一陣子了，
　小花想著。

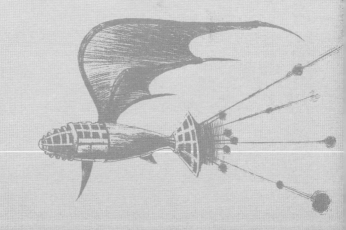

‧自轉男照辦了，卻說了一些令小花難过的話。

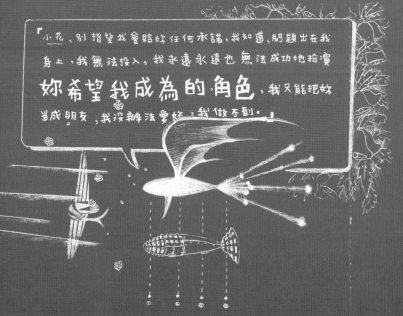

「小花，別指望我會給妳任何承諾，我知道，問題出在我
身上，我無法投入，我永遠永遠也無法成功地扮演
**妳希望我成為的角色**，我只能把妳
当成朋友，我沒辦法愛妳，我做不到。」

「他过去一定曾被人深々伤害过吧?」

　　　　　　　　　　　　　小花試圖把自己受到的伤害
轉化成為对他的同情，小花浸泡在可憐的情境裡。

廣 告 回 信
台灣北區郵政管理局登記證
北台字第10227號

105

台北市南京東路四段25號11樓

大塊文化出版股份有限公司　收

姓名：

地址：

縣　市

市　鄉／鎮
區　市／區

街　路　段　巷　弄　號　樓

（請寫郵遞區號）

大塊 LOCUS 文化

Future · Adventure · Culture

謝謝您購買這本書！
如果您願意，請您詳細填寫本卡各欄，寄回大塊文化（免附回郵）
即可不定期收到大塊NEWS的最新出版資訊及優惠專案。

姓名：_____ 身分證字號：_____ 性別：□男 □女

出生日期：_____年_____月_____日 聯絡電話：_____

住址：_____

**E-mail**：_____

**學歷**：1.□高中及高中以下 2.□專科與大學 3.□研究所以上

**職業**：1.□學生 2.□資訊業 3.□工 4.□商 5.□服務業 6.□軍警公教
　　　　7.□自由業及專業 8.□其他

**您所購買的書名：**_____

**從何處得知本書：**1.□書店 2.□網路 3.□大塊電子報 4.□報紙廣告 5.□雜誌
　　　　　　　　6.□新聞報導 7.□他人推薦 8.□廣播節目 9.□其他

**您以何種方式購書：**1.逛書店購書 □連鎖書店 □一般書店 2.□網路購書
　　　　　　　　　　3.□郵局劃撥 4.□其他

**您購買過我們那些書系：**

1.□touch系列 2.□mark系列 3.□smile系列 4.□catch系列 5.□幾米系列
6.□from系列 7.□to系列 8.□home系列 9.□KODIKO系列 10.□ACG系列
11.□TONE系列 12.□R系列 13.□GI系列 14.□together系列 15.□其他

**您對本書的評價：**(請填代號 1.非常滿意 2.滿意 3.普通 4.不滿意 5.非常不滿意)

書名_____ 內容_____ 封面設計_____ 版面編排_____ 紙張質感_____

**讀完本書後您覺得：**

1.□非常喜歡 2.□喜歡 3.□普通 4.□不喜歡 5.□非常不喜歡

**對我們的建議：**_____

_____

_____

•「耶！今年有耶誕禮物了！」小花看著自己原本準備好要送給自種男的礼物，表情呆傻地和自己說話。

・於是各自在生命中繼續前進。

海

⊙有此一說，

海洋是無數的淚水日積月累而成‧‧‧。

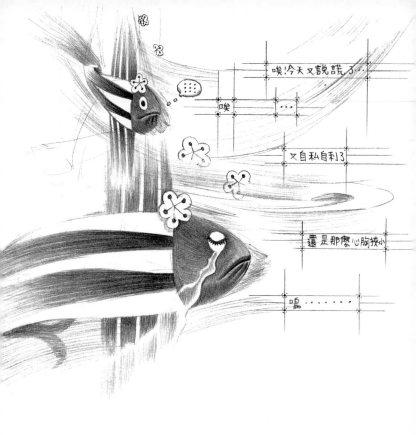

其實，
每次都灰心，
淚水釋出了歉意。

告解區

◉用懺悔超渡罪惡，此時此地完全自責，
所以當再次折返生活，大家又都充滿
了背德的勇氣。

◎所有海中的生命在無垠的海洋，

淚水組成的海洋裡悠游地活著。

## 心覺大師

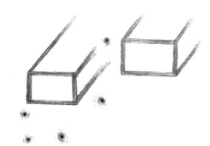

・早晨繼續，<u>小花</u>追上了

大師<u>心覺</u>。

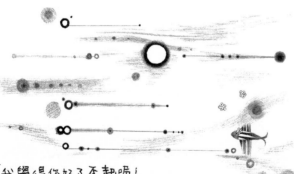

「我覺得你好了不起喔！」

小花說：「因為你是很早就已經開悟的魚，

你真的好棒！」

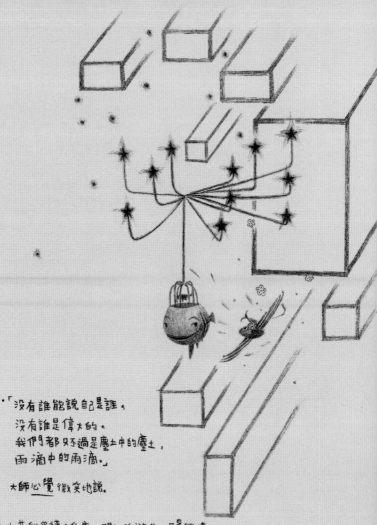

「沒有誰能說自己是誰，
　沒有誰是偉大的。
　我們都只不過是塵土中的塵土，
　雨滴中的雨滴。」

大師心覺微笑地說。

· 小花似乎懂了什麼，開心的游著，早晨繼續。

・「可以告訴我更多更多
　　　　關於 開悟的秘密嗎?」小花 問.

小花顯然有許多疑問，關於以前和未來，關於開悟的秘密。

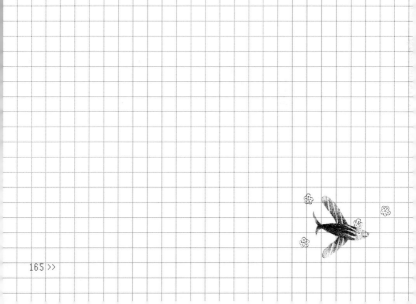

・早晨繼續，小花追上了大師心覺，他是傳說中少數活魚仙，很早就開悟人生的魚。

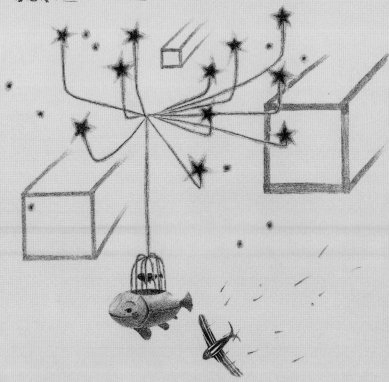

・「呵呵，我告訴妳的只是一些瑣事吶~小花呀，開悟實在是沒什麼大不了的秘密，

當妳還沒開悟，我就算真的告訴妳一些秘密，妳也非必須領悟。但如果妳開悟了

，我隨便說些什麼，妳都會瞭解我的大自在，開悟秘密自然就會圍繞妳呦~

呵呵~」大師心覺 微笑地說着。

早晨繼續續。

花花園

疑似辛苦成長の
美麗水中花

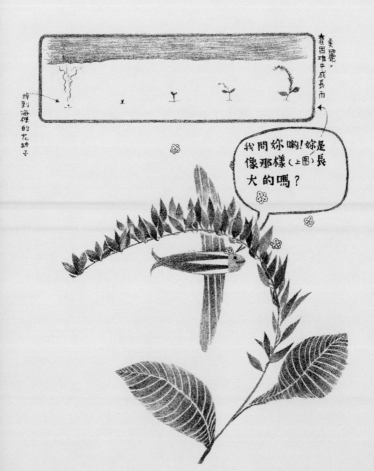

‧美麗的水中花望著小花， 微笑著並不打算回答，成長
的往事卻控制不住地一遍遍一幕幕在心中放映。

◄一種美麗輕輕繞著我

◄一種美麗教我學會不捨

◄一種美麗偷走了心碎

◄一種美麗的故事，我不想知道終點

一种美丽

•我被你溫柔的困著，不願再失去這種感覺，閉上眼，我們
 變成一种美麗。

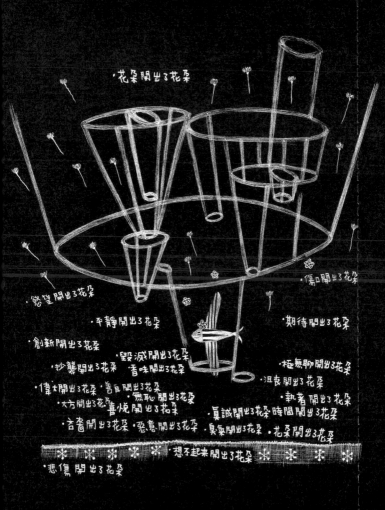

·花朵開出了花朵

·慾望開出了花朵

·平靜開出了花朵

·創新開出了花朵

·抄襲開出了花朵   ·毀滅開出了花朵

·偉大開出了花朵 ·善良開出了花朵   ·香味開出了花朵

·大方開出了花朵 ·喜悅開出了花朵   ·無恥開出了花朵

·音響開出了花朵 ·惡意開出了花朵   ·真誠開出了花朵 時間開出了花朵

·傷口開出了花朵

·期待開出了花朵

·極無聊開出了花朵

·沮喪開出了花朵

·執著開出了花朵

·臭氣開出了花朵 ·花朵開出了花朵

✳ ✳ ✳ ✳ ✳ ·想不起來開出了花朵 ✳ ✳ ✳ ✳

·悲傷開出了花朵

「我們在美麗花園裡，雖然沒辦法去喜歡每一種花，但身在花園已令人滿足。」小花。

存在

·今天來到了忘憂林，忘了是不小心還是故意。

感覺到一切，卻沒有什麼是真的。

沒有別人想到我的海。

·我知道這
不過是夢，一定要給它 High 或 Low。

·就這樣，帶我走

·帶我走。

·沒再去思考對或錯。

·抓不住任何天象。

· 總是出現許多事情，然後想到我自己。

·總是出現我自己，然後想到許多事情。

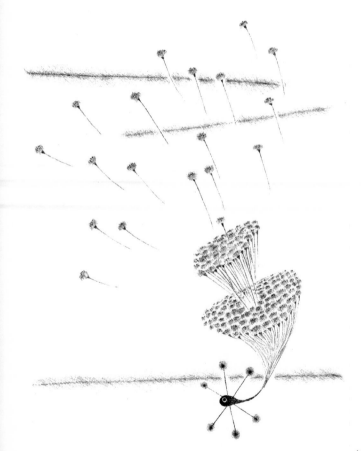

「我們真的是如此了不起且完整的存在嗎?」

「就像我們所認定的一切事物」

「還是其實只是像這般的價值存在著呢?」
小花 認真地思考著。

•當所有的魚，似乎都找到了自己的人生課題，姑且不去仔細
思考這些到底是不是人生的必要，好或不好。

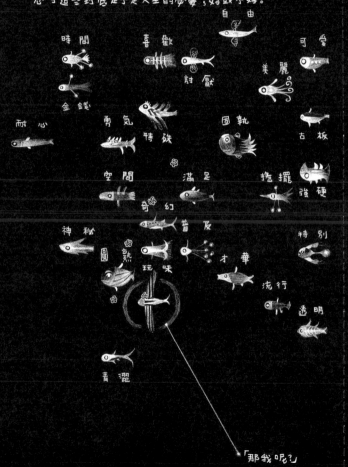

自　由

時　間　　　喜歡

　　　　　　　　　討厭　　　　　　　可愛

金　錢　　　　　　　　　　美麗

耐　心　　　勇氣　　　　　固執
　　　　　　　　特殊　　　　　　　古板

　　　　　空間　　滿足　　　搖擺
　　　　　　　奇　幻　　　　強硬

神秘　　　　　　普及　　　　　　　特別
　　圓　熟
　　　玩味　　　才華

　　　　　　　　　流行

　　　　　　　　　　透明

青　澀

「那我呢?」

190 >>

・好不容易才趕上大家夥的小花，想了半天，還是
　不明白其實太早的所謂的自認想清楚並不算
　是什麼好事。

・沒有誰記得起來，變形魚，阿瓜 是從 什麼時候開始模仿小花的。

·可是大家總那麼隱約地感覺著····。

·因為每一次 小花 婉轉
的問她,她都會回答···

悶多了還會變臉。

呀ㄣ

•說是這麼說，可是，熟朋友都知道 阿瓜 本来夹的不是
長這樣嗒~

•或許 小瓜不
喜欢原本的
自己吧？

〖素顏 阿瓜〗

•其實一開始也還好···

Hi

•後来就比較那個一點···

好久
不見

・小瓜顯然很得意。

・小花感到不舒服，却也說不太
上來，只是覺得
每個生命不是
都應該有屬於
自己的樣子啊。

・而現在是… 誇張吧？

小花～

幹啥

・做自己也沒什麼
不好啊～ 幹啥
活在別人生命
的模式裡呢？

# 信念

•靈性光舞魚似乎有著堅強
的共同信念。

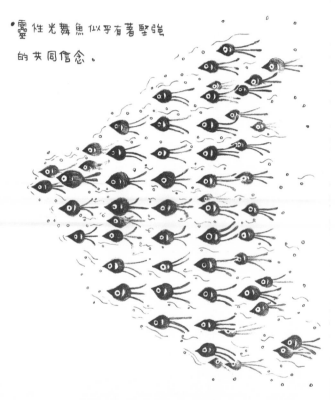

•雖然牠們來自不同的地方，曾經有著不同的外貌；
但是現在牠們努力的和團體溶為一體，目標一致
並且看來個個信心十足地向光的源頭前進。

「可是，牠們看見的光之源頭真的是大宇宙的靈性太陽嗎？
還是海面上夜裡的漁船用來誘捕魚類所打的灯光呢？」

小花看著一大群經過眼前的靈性光舞魚，
疑問，卻沒有答案。

・那群魚之後沒有誰再遇見過。

# 禮物

．她朝向我，靈巧而来。

·送給我一個礼物
一把鎖，沒有鑰匙 🗝?
她說：「这都是為了
你好，如果想開鎖，
得自己想辨法。」

• 終於把自己搞成了
　一把公戶，完全不是
　原來的樣子。
　而她早背向我，
　靈巧而去。

·原来她送我的这把鎖
不是用来打開的。

自在

·在裡自海面躍起、陽光被刪除，燈火輝煌，城市炫麗幸福。

・「可以看不見而想不起来吧？那些陽光下的不愉快…」

・天色漸々轉亮，「明晚我還要再跳…」小花 想著。

清楚

．從那一刻起，煩惱忽地躍出海面，衝出大氣層
急忙地奔向原本屬於它們的星球；所以小花只賸下
自在，雖然這只維持几個鐘頭，
但已足夠教人一再嚮往。

魚
飛 花
小

mr. Red
2000.12月

‧「當我睡著的時候，那個世界的我，也叫<u>小花</u>嗎?」

‧可能是，好像是，似乎是；但應該不是。

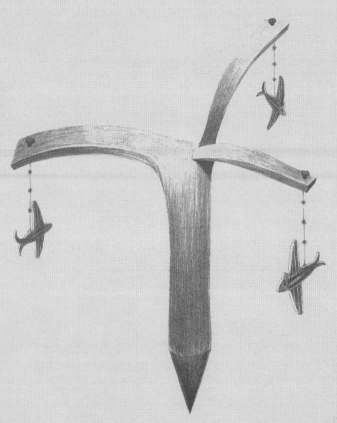

· 「當我清醒的時候，我真的是小花嗎?」

· 可能不是，好像不是，似乎不是;但希望真的是，
  但真希望有誰告訴我真的是。

| NAME | TEL(H) | FAX(O) |
| --- | --- | --- |
| E-MAIL | TEL(O) | MOBILE |
| ADDRESS | | |
| | OTHER | |

| NAME | TEL(H) | FAX(O) |
| --- | --- | --- |
| E-MAIL | TEL(O) | MOBILE |
| ADDRESS | | |
| | OTHER | |

| NAME | TEL(H) | FAX(O) |
| --- | --- | --- |
| E-MAIL | TEL(O) | MOBILE |
| ADDRESS | | |
| | OTHER | |

| NAME | TEL(H) | FAX(O) |
| --- | --- | --- |
| E-MAIL | TEL(O) | MOBILE |
| ADDRESS | | |
| | OTHER | |

| NAME | TEL(H) | FAX(O) |
| --- | --- | --- |
| E-MAIL | TEL(O) | MOBILE |
| ADDRESS | | |
| | OTHER | |

| NAME | TEL(H) | FAX(O) |
|---|---|---|
| E-MAIL | TEL(O) | MOBILE |
| ADDRESS | | |
| | OTHER | |

| NAME | TEL(H) | FAX(O) |
|---|---|---|
| E-MAIL | TEL(O) | MOBILE |
| ADDRESS | | |
| | OTHER | |

| NAME | TEL(H) | FAX(O) |
|---|---|---|
| E-MAIL | TEL(O) | MOBILE |
| ADDRESS | | |
| | OTHER | |

| NAME | TEL(H) | FAX(O) |
|---|---|---|
| E-MAIL | TEL(O) | MOBILE |
| ADDRESS | | |
| | OTHER | |

| NAME | TEL(H) | FAX(O) |
|---|---|---|
| E-MAIL | TEL(O) | MOBILE |
| ADDRESS | | |
| | OTHER | |

| NAME | TEL(H) | FAX(O) |
|------|--------|--------|
| E-MAIL | TEL(O) | MOBILE |
| ADDRESS | | |
| | OTHER | |

| NAME | TEL(H) | FAX(O) |
|------|--------|--------|
| E-MAIL | TEL(O) | MOBILE |
| ADDRESS | | |
| | OTHER | |

| NAME | TEL(H) | FAX(O) |
|------|--------|--------|
| E-MAIL | TEL(O) | MOBILE |
| ADDRESS | | |
| | OTHER | |

| NAME | TEL(H) | FAX(O) |
|------|--------|--------|
| E-MAIL | TEL(O) | MOBILE |
| ADDRESS | | |
| | OTHER | |

| NAME | TEL(H) | FAX(O) |
|------|--------|--------|
| E-MAIL | TEL(O) | MOBILE |
| ADDRESS | | |
| | OTHER | |

| NAME | TEL(H) | FAX(O) |
|------|--------|--------|
| E-MAIL | TEL(O) | MOBILE |
| ADDRESS | | |
| | OTHER | |

| NAME | TEL(H) | FAX(O) |
|------|--------|--------|
| E-MAIL | TEL(O) | MOBILE |
| ADDRESS | | |
| | OTHER | |

| NAME | TEL(H) | FAX(O) |
|------|--------|--------|
| E-MAIL | TEL(O) | MOBILE |
| ADDRESS | | |
| | OTHER | |

| NAME | TEL(H) | FAX(O) |
|------|--------|--------|
| E-MAIL | TEL(O) | MOBILE |
| ADDRESS | | |
| | OTHER | |

| NAME | TEL(H) | FAX(O) |
|------|--------|--------|
| E-MAIL | TEL(O) | MOBILE |
| ADDRESS | | |
| | OTHER | |

| NAME | TEL(H) | FAX(O) |
|---|---|---|
| E-MAIL | TEL(O) | MOBILE |
| ADDRESS | | |
| | OTHER | |

| NAME | TEL(H) | FAX(O) |
|---|---|---|
| E-MAIL | TEL(O) | MOBILE |
| ADDRESS | | |
| | OTHER | |

| NAME | TEL(H) | FAX(O) |
|---|---|---|
| E-MAIL | TEL(O) | MOBILE |
| ADDRESS | | |
| | OTHER | |

| NAME | TEL(H) | FAX(O) |
|---|---|---|
| E-MAIL | TEL(O) | MOBILE |
| ADDRESS | | |
| | OTHER | |

| NAME | TEL(H) | FAX(O) |
|---|---|---|
| E-MAIL | TEL(O) | MOBILE |
| ADDRESS | | |
| | OTHER | |